Gezeiten des Lebens

Visionen

Text und Gedichte: Günter Scheibel
Bilder und Zeichnungen: Hermann Brandl

Wir stehen - am Anfang - am Ende

Stehen wir dazwischen oder habe wir nur unsere Augen geschlossen und das Gefühl verloren unsren eigenen Punkt richtig einzuschätzen.

Verloren in einer Welt der Emsigkeit - der Hektik - der Unruhe vergessen wir meist die Zusammenhänge unseres eigenen Tuns, stürzen von einer Verwerfung in die andere.

Der Glaube an uns selbst zerbricht - wir stehen fast täglich vor dem Scherbenhaufen unserer Gefühle. Der Wechsel vom Tag zur Nacht - von der Nacht hinein in den Tag bereitet uns immer mehr Ängste, führt uns immer mehr in eine Verzweiflung, und die einfachsten Dinge im Leben werden uns zur unerträglichen Last.

Wir zweifeln - hoffen - finden keine Ruhe in uns. Freunde sind falsch - benutzen uns, wir fallen in eine tiefe Depression der Seele - erkennen oft nicht die Schwelle über die wir stolpern.

Gleichmut und Ruhe unseres Herzens werden zu fremden Begriffen die Verzweiflung treibt uns zu ungewolltem Handeln - wir sehen Irrbilder - Visonen drängen sich uns auf - das einfache Bild einer Wiese wird uns zum unüberwindbaren Ozean.

Es liegt an uns den richtigen Weg zu gehen, den Ausweg aus der Krise zu finden.

Was haben wir verloren -

Ist es nicht der einfache Weg hin zur Ehrlichkeit uns selbst gegenüber, der Blick in unser Herz. Können wir uns - uns selbst gegenüber nicht soweit öffnen, um den kleine Spalt zu finden, der es ermöglicht den Fuß in unsere eigene Tür zu schieben, um auf uns selbst zuzugehen.

Einen Versuch ist es wert - vor allem da es um uns geht, nicht um irgendjemanden. - Wir müssen uns annehmen, uns vor uns selbst schützen, uns gegenüber aufrichtig sein.

Ein schwieriges Unterfangen - doch um unser selbst willen eine lohnende und verantwortungsvolle Aufgabe - Wir müssen die schwierigste Aufgabe lösen die uns gestellt ist -

Uns selbst zu lieben - dann werden wir fähig sein auch den anderen zu lieben - dann werden wir den Punkt finden an dem wir stehen -

Der Beginn einer Vision unseres eigenen Lebens -

oder -
Die Erfüllung einer Vision über unser Leben -

sag Ja ..

Bilder formen unsre Augen
ohne Unterlaß
in dem Gedankentraum
der unsre Sinne überspült -
Farben - Formen - Raum in Zeit -
verlieren sich im Maß
der gegenständlich fallenden Visionen -
unterwühlt
von Blindheit - ohne Glauben an den
Lauf der Dinge -
greifen wir nach jedem Halm -
fassen hoffnungsstrebend
die eigne Hand - streifen
den Prunk der Ringe
ab und fühlen unser Leben gut -
gehen erhebend
unsern nächsten Schritt -
fühlen den fahlen Traum
unsrer Vergänglichkeit - den süßen Duft
auf unserm Gaumen -
das Leichentuch -
klammern am Lebenssaum -
doch können wir uns selbst
die Zeit nicht anberaumen -

Es ist die Gnadenfrist nicht -
nicht der Fall der Zeit -
da uns Gedanken schwer
und sinnestäuschend plagen -
wir kämpfen mit dem Lauf der Dinge -
nicht bereit
zu dem was uns als Aufgabe gestellt -
nur Ja zu sagen -

... sei unbequem

Schweb über Raum und Zeit -
verlasse deinen Körper -
öffne deinen Geist -
laß die Gedanken fliegen -

- sei ohne Einschränkung bereit -
vergiß den Buchstaben - die Wörter -
du bist an diesen Ort gereist -
und wirst dich nicht damit begnügen -

- was in dir ruht - die Lust - dein Wissen -
erwecke es zu neuem Leben -
erhebe dich aus deinem Schlaf -
eröffne dich - und deinen Sinn -

- steig auf von deinem Ruhekissen -
die Kraft in dir wird dich erheben -
sei unbequem - nicht immer brav -
und schwebe über Raum und Zeit dahin -

Agonie

Es wüten um uns Geister in der Höhe -
verstummt scheint alles Saitenspiel -
ich selbst weiß nicht wohin ich gehe -
und keiner weiß so recht wohl was er will -

Den Glauben aufgegeben -
stehn wir am Anfang einer Zeit -
unfähig aus der Starre aufzustehen -
sind wir zu jeder ungestümen Tat bereit -

Vergessen liegt der Wechsel der Gezeiten
am Weg - den in der Eile wir verliern -
nur um die Zeit des Todes zu beschreiten -
und sich des Glaubens zu geniern -

Als Gast - zu Haus auf dieser Erde -
schaufeln wir das eigne Grab -
stolpern - gebunden in der Herde
den steilen Fels ins Meer hinab -

... und räumt im Wechsel der Gezeiten
die Flut den Strand - weitet den Blick -
es bleiben zwei die um ein Sandkorn streiten -
- inzwischen kommt das Meer zurück ...

Wann finden wir den Weg in eine Welt der Harmonie -
zum Klang im Wellenschlag - dem Saitenspiel -
Millionen bleiben einfach stehn - fallen in tiefe Agonie -
verlieren dann im Wechsel der Gezeiten - ihr Ziel -

... Spiegelhatz

Kalt tropft Mondlicht aus der Silbersilhouette
nieder in den Feuerbrand des Spiegelbildes
einer ungetünchten Wand aus Nebeltropfen -
- wir erkennen Wonne nicht - nicht Lust in einem Bette
indem wir ungleich öfters uns in Alpträumen gewälzt -
unfähig an die Tür der innern Kräfte anzuklopfen -
die bis heute uns nicht aufgetan - nicht aufgestoßen -
ja von vielen nicht einmal erkannt daß sie vorhanden -
da wir blind im Schiffe liegen und das Sonnensegel hängt -
schlaff - kraftlos - ohne Antrieb aus dem großen
Potential der uns verschlossnen Gärten reiner Energie -
wo uns ein Sonnenstrahl das Lächeln schon versengt -

Der schlaffe Abglanz eines Mondbrands ziert die Häupter
unsrer wohlbesungnen Größen - in einer Welt die schreit
und weint und lächelt und uns täglich wissen läßt -
es gibt den Geist der Ehrfurcht noch der uns geläutert
von Stufe hin zu Stufe trägt - uns führt - uns in die Falle lockt -
wobei der Sturmwind uns das Haupt umbläst -

Die Gnade reiner Heuchelei scheint besser als die Lügen
im Sieb der Wasserfälle wild umspülter Felsen -
wir spüren gleich daß wir betrogen werden -
wie schamlos ist das andere Vergnügen -
die Falschheit feiner Freunde - die Politik - das Freudenmahl -
ja selbst der Vortrag ehrlicher Beschwerden -

Der Herd bleibt kalt - es heizt der Tisch die Speisen -
der Weg den wir hier gehn ist ausgelaugter Kaffeesatz -
geht es so weiter - werden wir im Kreise reisen -
wir - vor und hinter uns - in einer Spiegelhatz -

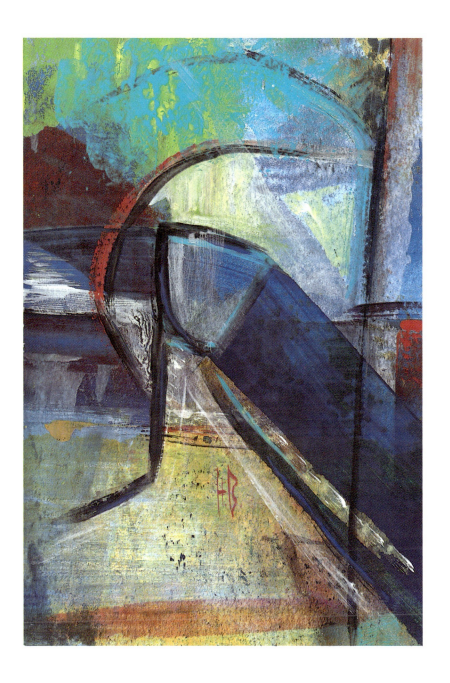

die Pein heißt ....Macht

Keine Welt besteht für immer - und der Untergang
liegt mit im Rhythmus aller Ewigkeit -
was millionen Jahre nicht gelang -
benötigt ein paar Jahre länger Zeit -

Es töten sich Soldaten -
es morden Brüder hemmungslos -
worum wir alle baten -
scheint unerfüllbar - übergroß -

Nur etwas Liebe - etwas Frieden
für diese kleine runde Welt -
warum sich immer nur bekriegen -
für seelenloses - graues Geld -

Ist kein Politiker auf dieser Welt bereit
das Schwert zu strecken -
den Friedensmantel auszubreiten - um den Streit
der Brüder abzudecken -

Hat kein gewählter Volkstribun den Mut
nur einmal - Nein - zu sagen -
oder ist's wahr - sie stecken alle unter einem Hut
und werden von der gleichen Pein getragen -

... die heimlich klamm und leise sich breit gemacht -
ganz unbemerkt - für die Beschützer unsrer Seelen -
und diese Pein heißt - Macht -
die Zeit ist reif ... wir sollten anders wählen -

Pol - i - tik - er

Die herrenlose Zeit der Kampfhunde
                         ist heut beendet -
     der Strand vergilbt - das Weiß der
                         unschuldigen Körner
        rot - der Futtertrog aus Holz -
                         mit Gold verblendet
     ist spitz verformt und ziert
                         der Stiere Hörner -

Im Steppengras verwesen Menschenleiber -
gejagt und ausgelöscht von Menschenhand -
verhallt der Wehschrei aller Klageweiber
im All - nicht nur in einem Land -

Die Kampfhunde der Länder vereinen sich
                         und strotzen voller Kraft -
     bedrohen nicht nur eignes Land
                         nicht diese Welt -
     sie sägen auch am eignen
                         Ast -
     und auch der eigne Tod
                         ist schon bestellt -

Wir glauben nicht an Politik und nicht an Schleieraffen -
auch wenn der Mensch von Grund auf gutgläubig sich gibt -
wir wollen nur einmal in das Gesicht des Menschen gaffen
der als Politiker sich stellt und sagt - er liebt -

Zeitgleiche

Es kreist der Mut des Lebens
mal hoffnungsvoll vergebens -
mal freudig um den Gefatter Tod -
man spürt die angelaufne Not
der Kreise die sich schließen -
gleichwie die neuen Leben sprießen
findet die Ruhe keine Musestunde
in den Minuten dieser letzten Runde -

Gewagt ein Spiel in den Gezeiten
der Verlängerung - bereiten
wir uns vor auf ein Nachzeit
der Gedanken - die im Geleit
der Schritte uns bewegt -
wir haben uns geregt
ein Leben lang erhoben
uns nicht betrogen -
trotz aller Niederlagen -
die Qual ertragen -
den einen Schritt gesetzt -
uns mal beeilt - manchmal gehetzt -

Die Stunden für die Muse sind geblieben
für unsre Nächsten - all die Lieben
die uns ein Leben lang begleitet haben -
wir haben Freud und Schmerz ertragen -
den Tag - das Dunkel aller Nächte -
doch die Entscheidung andrer Mächte
bestimmen hier den Kreislauf unsrer Zeit -
wir fügten uns - in Demut und Bescheidenheit -

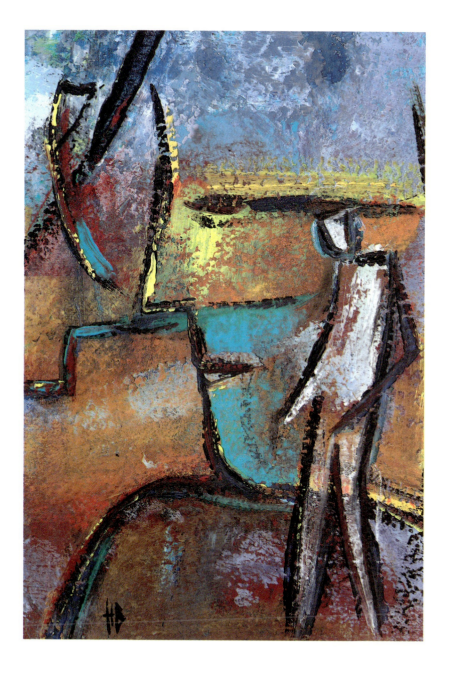

Zeitkreis

Im Strom der Zeit fließt aller Anfang alles Ende -
umkreisen Tod sich und Geburt -
verlieren sich im ungebundnen Raum die Hände -
durchstreifen Geist und Seele jede Lebensfurt -

Dem ungleich ruhigen Fließen über Stromesschnellen -
gesellt sich tänzelnd der Gedanken Sturm -
entschwebt des Geistes Wesen aus den Wellen -
steigt hoch - erklimmt der Zeiten Lichterturm -

Geneigt sich nicht dem Wellenschlag zu beugen
der weißen Gischt im Wechselspiel der Tropfen -
beginnen wir das Leben neu zu zeugen -
an jede Türe neu zu klopfen -

Der Strom fließt Kreis im Kreise weiter -
es formen Leben sich und Freudenspiel -
und wir erkennen - dieser Strom wird breiter -
fließt im Kreis - führt doch zum Ziel -

... vorbei

Es kreist die Sternenbahn im Wolkenhimmel -
der Sturmgeist rüttelt deine Tür -
millionen Sonnengeister im Getümmel
der Nacht strecken die Fühler - das Gespür
für Einsamkeit und Lust auf mehr
bereitet dir den Schmerz zur Freude -
die Gedanken schweben dir einher -
umformen deinen Geist im Sturmgebäude -

Du läßt dich fallen - einfach losgebunden
aus den Zwängen deiner Drängelei -
hast du empfunden -
deine Ruhe macht dich frei -
die Hand spürt sanft das zarte Licht
der samtgestrichnen Haut -
in dir erfüllt sich der Verzicht -
dein Schmerz wird abgebaut -

Gelassen heben Augen sich und Lider -
dein Puls beruhigt den Herzschlag deiner Sinne -
du findest dich - kehrst in dir wieder -
erkennst den Glauben deiner Stimme
zum Ton der weitgestrichnen Symphonie -
fällst tief hinab - und steigst empor -
in den Gedankenbaum der Galaxie -
vorbei der Alptraum der sich gegen dich verschwor -

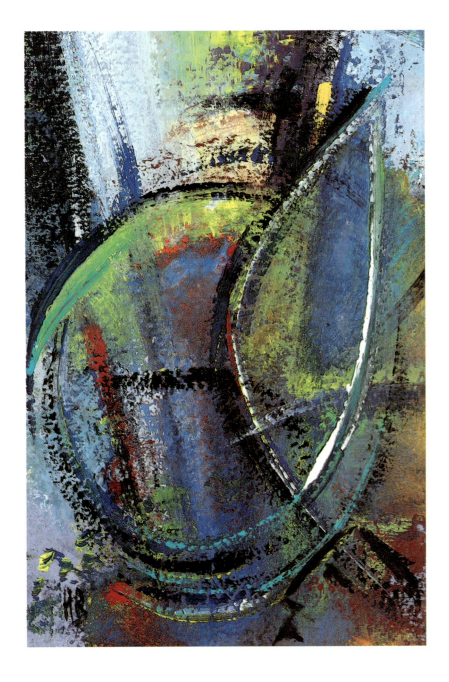

... selbst belogen

Dem Galgenhaus der Lügen blüht ein lauter Untergang -
es bersten Balken - Stützen halten nicht das obre Element -
ein lautes Tosen stört der Melodien Mißgesang -
es nimmt ein jeder nur was ihm gehört - und rennt -
rennt weit hinaus in eine Welt der ungewissen Tage -
und leugnet jedes Wort das er aus seinem Haus getragen -
man stürzt in eine Flucht - stellt sich die Frage -
was haben wir für dieses Nichts alles ertragen -

Dem Galgen wohl entronnen
auf der Flucht ins Nichts
stehen wir da - versonnen
im Schatten unsres Lichts
begraben Hoffnungen
die wir einst hatten -
was uns mißlungen
steht im eignen Schatten -
Von Blindheit angeführt
bestolpern wir die Brücke
die über Schluchten führt
sie schließt die Lücke -
doch bleibt die Ungewissheit
auf den Wegen die noch vor uns liegen -
- es ist die trügerische Blindheit
womit wir uns das nächstemal belügen -

Gnadenlos erzwingt sich unser Schicksal jeden Wegezoll -
es schneiden uns die Messer Stück um Stück in Scheiben -
klare Gedanken schwinden - wandeln Sanftmut um in Groll -
im steten Wandel unsres Lebens liegen Leiden
Freude und die Hoffnungslosigkeit auf einer wachsenden Geraden -
wir winden uns - können den Schmerz nicht meiden -
verfangen uns auf diesem Lebensweg im Wirrwarr unsrer Fragen -

...Alltag

Ich sehe täglich -
wenn ich meine Augen öffne -
das gleiche Licht -
den gleichen Wolkenschimmer -
erhebe mich -
und gehe munter in den Tag hinein -
Ich leg die Kleidung an -
im selben Zimmer wie gestern
und erlaube mir -
auch ganz allein -
die Sonne und
die Wolken zu genießen -
Was hält mich ab -
die Stunden -
die vor mir liegen
in Freude zu verbringen -
keine Trübsal ist die Träne wert -
und keine noch so trübe Botschaft
wird mich besiegen -
Der Glaube und
der Frohsinn führen mein Schwert
im Kampf -
der jeden Morgen immer neu beginnt -
ich weiß -
ich werd es schaffen -
dies kleine Übel -
das sich Alltag nennt -

...Schritte

Im Reich der Phönixe und Pharaonen
durchbrichst du alle Tore dieser Welt -
die Grenzen überschreiten wird sich lohnen -
der Lohn ist weder Gut noch Geld -

Du greifst nach freien Werten der Gestirne -
durchstreifst ein Licht - und Schattenreich -
durchbrichst die Grenzen der Gehirne -
fühlst dich in deiner Seele reich -
findest den Glauben wieder -
die Wärme deiner eigenen Gedanken
hörst Melodien längst vergessner Lieder
hörst auf von hier nach da zu wanken -

Du kannst es nur erfühlen - mußt es ahnen -
die Weite einer stillen Welt -
die Schritte sind nicht anzumahnen
du bist auf dich allein gestellt -

...da neben dir

Das Gesicht -
da - an der Theke neben dir -
hat deine Augen -
und auch deinen Mund -
es atmet deine Luft -
hört das Klavier
mit deinen Ohren -
und ist rund -

Die Hand -
da - neben dir -
greift sich dein Glas -
führt es an deine Lippen -
trinkt -
du fühlst -
es wird auch deine Kehle naß -
du spührst -
wie diese Hand nach unten sinkt -

Begriffen hast du nicht -
was an der Theke -
neben dir geschah -
... es war dein eigenes Gesicht -
ganz fern -
und doch so nah -

Schicksal

Da Jahre dir dein Leben zeichnen -
nicht der Tag - und nicht die Stunde -
werden Jahre dir auch die Erkenntnis reichen -
dies war nur die erste Runde -

Schmerzen trägst du in der Jahresgleiche -
nicht im Himmel - nicht auf deinem Grab -
was in tausend Jahren eine alte Eiche
erlebt - geschieht nicht heute - nicht an einem Tag -

Schuld drückt deine Schultern - deine Augen weichen aus -
führen dich und deine Seele hin im Jahresstrom
in eine aufgewühlte See hinaus -
schenken dir an einem Tag - nach Jahren einen Sohn -
die Verantwortung und einen Sinn in den vertobten Wellen -
ohne dir am gleichen Tag in all den Jahren
eine Frage auf die schon gegebnen Antworten zu stellen -
warum nicht damals - um die eigene Familie zu bewahren -

Abstand
1

Verbundne Augen gleiten
        in die Nebelwand der Zeit -
entschweben Mutter Erde
        in den schwerelosen Raum -
spüren den Körper und
        die Geigen im Geleit
der Finsternis - im Flug
        von hier nach da - in einen Traum -

Gewogen liegt das blaue Erdenrund
        im Schoß des Alls -
verbunden nur der Harmonie
        im Einklang der Gestirne -
geschützt vor den
        Gefahren des Verfalls -
entschwebt es schnell
        dem Wahnsinn der Gehirne -
die mittellos - und ohne
        bindende Substanz zur Seele -
ein blutig schelmenhaftes Spiel
        mit Menschenleben treiben -
den Takt mißachten -
        fein säuberlich die Kehle
und uns alle - gewaltlos -
        in Gewalt zerreiben -

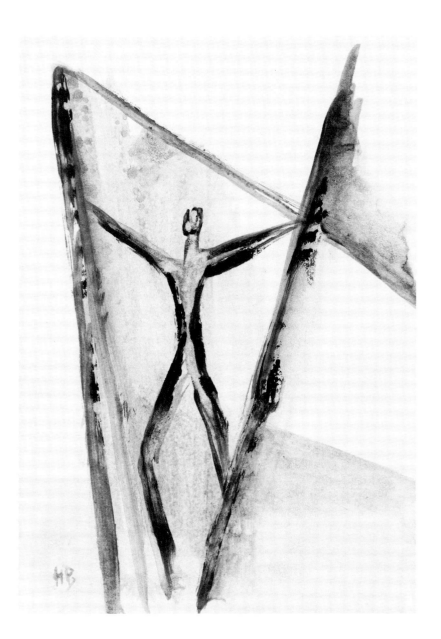

2

Ein fast gewonnenes Entzücken
        umspielt die Lippen -
zerstäubt den Zweifel
        an der Ehrlichkeit der Lügen -
und alle die da schamlos glotzen -
        dürfen nippen
an dem Met -
        mit dem sie unsre Hoffnungen betrügen -

Geworfen in den schwerelosen Raum
        öffnen sich Augen
Herz und Seele -
        bestaunen das Farbenspiel unsres Planeten -
finden in einem Augenblick
        der Finsternis den Glauben -
neigen das Haupt der Sonne zu -
        und beten -

Vergangenheit und Zukunft
        einer Welt des Glimmers -
und des Scheins -
        vereint im Spiel der Farben aller Kontinente -
fallen zusammen - es bleibt in unsern Ohren
        der Nachhall des Gewimmers
der Tauben - Blinden - Stummen
        im Wirbelkreis der Elemente -

3

Entfernungen beziehen sich
        auf unser Maß an Ehrlichkeit -
in flimmernd heißer Luft
bricht Wind und Wasser
        seine Wellen -
um uns herum die Gischt -
        die Brandung - Streit -
man kann den Frieden nicht
        per Katalog bestellen -

Doch draußen -
        dort im schwerelosen Raum
erfühlen wir das Wunder dieser -
        unsrer Welt -
blicken hinab
        und glaubens kaum -
wir haben unsern Acker
        schlecht bestellt -

Es morden Henne sich
        und Hahn -
die Geier finden Aas
        in rauhen Mengen -
doch unser Fischer -
        in dem Kahn -
läßt sich von keinem
        Menschen drängen -

4

Er ganz allein
        kennt das Geheimnis unsrer Ungeduld -
den Schrei der Nymphen -
        das Urteil aller Pharisäer -
und stehen wir
        einmal in seiner Schuld -
kreischen wir laut
        den Schrei der Häher -

Tod all den Blinden -
        und den blaßgelaugten Augen -
die als Phantom
        den Geistesrhythmus stehlen -
dem Körper
        unsre Seele rauben -
sich mit den Lügen
        durch die Jahre quälen -

Wir werden all den Geistern
        keinen Glauben schenken -
die Zeit im schwerelosen Raum
        nur dazu nutzen -
den Flug des Lebens
        in die richtge Bahn zu lenken -
und all den Geiern
        ihre Flügel stutzen -

Herde

Laß sie laufen -
all die bösen Geister dieser Erde
öffne deine Augen -
folge stets dem Zug der Wolken
die im Strom des Windes
unser Erdenrund umkreisen -
Fasse deinen Mut -
verlaß die Herde -
zieh vorbei -
und wenn sie dich umzingeln wollen -
nimm deinen Hut -
und geh auf eigne Reisen -

Schwimme im Strom
nicht gegen das Gefälle -
gleite sanft
in dem Gesetz der Schwerkraft hin -
stoße dich nicht
an rauen Uferbuchten -
überspringe
deine eigne Schwelle -
folge mit dir
deines Lebens Sinn -
und stürze nicht
in dir verborgne Schluchten -

Steige empor -
und lerne deine Kräfte schätzen -
selbst wenn
in Gipfelnähe Zweifel kommen -
strebe weiter -
seh das Ziel vor dir -
die Höhe über dir -
treib Schritt vor Schritt ohne zu hetzen
und freue dich
welch großen Teil du schon erklommen -

....

Schenke den Tauben deine Ohren -
gebe den Blinden
einen Teil von deinem Augenlicht -
spreche den Stummen
deinen Trost -
so fühlst du dich
auf deinem Weg niemals verloren -

....

Benutze deine Kraft
die Sinne dir zu öffnen -
der bösen Geister Wirrnis
streife von dir ab -
und fühle dich als Reiter
auf dem Pferd des Lebens -

....

Nehme die Zügel
in die eigne Hand -
strebe dem Ziel -
auf deinen Gipfel zu -

....

und dann -
von dort -
ganz oben -
winke den andern -

Kreise

Wir beginnen uns vom Kreise hin
zum Kreise zu bewegen -
nehmen Witterung
auf ein noch unbekanntes Ziel -
in uns beginnt
was Neues sich zu regen -
wohin es führt
bleibt stets ein unbekanntes Spiel -

Geboren noch im Kern
umspielter Zellen -
gewachsen dann im Raum
vertrauter Massen -
wird eine Antwort
uns nach Jahren quellen -
werden die Früchte wir
erst nach der Reife fassen -

Den Rand des eignen Kreises
nicht berührt -
sind wir bestrebt den andern
Kreis schon zu durchbrechen -
wie weit hat unsre Neugier -
unser Neid geführt -
sollten wir nicht im eignen
Kreis den Unrat rechen -

Und dort wo beide Kreise sich berühren
müssen wir den Freiraum uns belassen -
um gemeinsam uns im Kreis zu führen -
die Richtung geben - an den Händen fassen -

Heimweg

Wir beenden in der Reife unsrer Zeit
den Weg aus tausenden von Schritten -
stehen frei im Atem dann bereit
die Kraft zum letzten Schritt uns zu erbitten -

Höllenfeuer - Teufelsqualen -
Lichtertage - Sonnenschein -
als wir durch die Zeit uns stahlen
waren wir auch meist allein -
fanden Kraft und Seelenglauben -
in der Schöpfung Ursprung wieder -
opferten manch Wort den Tauben -
setzten uns zu Ruhe nieder -
standen auf und schritten weiter
säten - ernteten die Früchte -
standen mal am Fuß der Leiter -
hörten hie und da Gerüchte -
stiegen Sproß um Sproß empor -
stießen durch den Wolkenhimmel
zogen Licht und Schatten vor -
hielten unsre Augen offen
in dem Allerweltsgetümmel -
fühlten selten uns betroffen -

Die Schritte haben uns von da nach hier geführt
und wir durchstreiften nicht nur Halden aus Gestein -
blieben vom Zeitkreis all der Jahre niemals unberührt
gingen den einen Weg - ganz einfach heim -

... verwirrte Geister

Es spiegelt sich im Nabel dieser Welt
das Grauen aller Phantasie -
von wirren Geistern wohl bestellt -
zerstört uns Form und Harmonie -

Gespalten klingen Ton und Noten
zerbrochen Klang und Glaubensbild -
dem Ohr wird Mißklang nur geboten -
wir sind im Reich der Lügen eingehüllt -

Die Sage birgt das Wort in Schleierschatten -
doch schnell hat uns die Wahrheit eingeholt -
manch einer glaubt den falschen Ratten -
und doch - die Lüge hat man nicht gewollt -

Was bleibt ist die verlorne Menschlichkeit -
der Argwohn -
immer neuen Lügenbildern zu begegnen -
der Zweifel -
an des Freundes Ehrlichkeit -
das Mißtraun
wird sich immer in uns regen ...

Leere

Die tiefe Leere die ein Herz umspült
wenn die Gedanken um die Seele kreisen -
hat immer schon den Atem aufgewühlt -
egal ob wir das Böse oder Gute preisen -

Es schlagen die Gedanken gegen Sinn und Augen -
zerstäuben Frohsinn - Angst und Träumerei -
wollen dem was sie sehen nicht mehr glauben -
brechen in schmerzhaft kleine Stücke dann entzwei -

Die Scherben liegen unsortiert am Boden -
beachtet - unbeachtet auch vergessen -
man staunt wie andere die Wälder roden -
und übersieht all das was man besessen -

Es pocht die Leere in der Blutbahn der Gedanken -
es treibt der Geist die Seele aus dem Paradies -
wir stehen fest - auch wenn wir wanken -
und scheinbar nur - der Glaube uns verließ -

Echo

Der kleine Haß - den Mitmenschen und sich
 den Tag zu stehlen -
 gleich jeden Span - der stört
 als Feind zu sehn -
 sich selbst - und auch die anderen
  bei Tag und Nacht zu quälen -
 zerstört die eigne Seele -
  du wirst abwärts gehn -

Geblendet - geben Aug und Sinne dir kein Bild -
 in Dunkel hüllen Wälder sich und Weiden -
 du schlägst um dich - ungezielt und wild -
 läßt dich von niedrigsten Gefühlen treiben -

Der Schmerz - umgibt dich und dein Seelenfeld -
 du fühlst dich einsam - hilflos und verloren -
 du ganz allein hast dich hinaus vor deine Tür gestellt -
 auch du warst einst - in der Familie geboren -

Durchstoß - den Kreis der Eigentyrranei
  und schwarzen Fantasie -
 krieche hervor - erhebe dich -
  führe dein Lebensschild -
 betrachte dich - dein Leben -
  und vergesse nie -
 davor und auch danach erblickst du nur
  dein eignes Spiegelbild -
denn ...

du allein - mußt dir an jedem Morgen in die Augen blicken -
 dich selber - deine Seele - still in Einklang bringen -
 du kannst dich nicht vor jeder Antwort drücken -
 ...in dir wird stets das Echo deiner Tat erklingen -

... die vierte Dimension

Der Hunger unsrer Seelenwünsche beginnt sich mehr
und mehr im Kreiselraum der Zeiten auszubreiten -
füllt uns das Vacuum der Kraft - erfüllt was leer
in uns - nur schemenhaft - beginnt die Wege zu bereiten -
birgt Energie - die - Finger und auch Hände leitet -
die Zunge und die Lippen zur Liebkosung führt -
den Augen und dem Atem Lust bereitet -
bis dahin wo der Geist kein Zittern mehr verspürt -

Durch Bannwald - Eiseswüsten - weite Steppen -
treibt uns die ungestillte Lust der Liebesträumerei -
vertreibt die Scheu - führt Schritt um Schritt die Treppen
uns hinauf - ans Licht - und macht uns frei -
Kein Wolkendonner und kein Violinenklang
beschleunigt uns das Wachstum der Natur -
es sammeln sich die Kräfte meist am Sonnenhang
und schaffen uns die Orte wie - Big Sur -

Der Lehre tief verwurzelt - nur den einen Weg zu gehen -
durchstreifen wir die Wüsten aller Lebensräume -
erklimmen Berge - hoffen dort den Strand zu sehen -
stolpern - fallen - und erklimmen dann bescheiden Bäume
die mit einem Auge wir erkennen können -
ohne gleich im Stehen aus dem Gleichgewicht zu wanken
müssen wir uns dann die Pausen gönnen -
um dem Universum für das Augenlicht zu danken -

....dimension 2

Uns bleibt der Atem in dem Trubel aller Stunden
den Blick zu klären - und das Haupt zu wenden -
von hier aus zu entgleiten um dann ungebunden
die Gedanken in den Raum der Zeit zu senden -
Was vor und hinter dir - umschließt dein Leben -
stellt über Körper - Geist und Seele deine Energie
in eine neue Dimension - wird dich erheben
aus den ungeformten Tiefen deiner Lethargie -

Die Zeiten hinter dir entlang am Schienenstrang
führen vom Jetzt ins Gleich dein Leben ohne Übergang
ins Morgen - wandeln stets den Standpunkt deines Blickes -
nahtlos bleiben nur die Reihen von Sekunden
enlang der Linie deines Lebens - der Strang des Glückes
läuft nur mit dir - führt dich ungebunden
in die nächste Galaxie - und du verlierst den Namen
auf dem Weg hin in das Reich der Ahnen -

Wir fühlen keinen Anfang - auch kein Ende -
die Seele streift den Körper - füllt den Geist
in der Bewegung unsrer Hände -
wählt an der Gabelung die Richtung - weist
den Weg im Scheitelpunkt der Wende -
... vom Paradies nach hierher angereist -
sind wir geboren - mal als Tochter - mal als Sohn -
wir kommen - leben - gehen - in der vierten Dimension -

Wolkenflug

Wir nehmen Abschied von der Nacht -
die sternumhüllt die Augen blendet -
Gedanken bindet - deinen Sinn verwirrt -
sich stets im Spiel der kleinen Geister wendet -

Dem freien Licht der Sonne Pracht -
wollen wir unsern Glauben geben -
dort strömen Gedanken unbeirrt
hinaus - in ein erfülltes Menschenleben -

Der Horde Finsternis bedroht den freien Sinn -
beschränkt der Farben buntes Spiel -
erstickt das Licht der stillen Flammen -
setzt Schranken - und bestimmt das Ziel -
... befreie dich - streb nach den Wolken hin -
verliere niemals deinen Glauben -
halte die Kraft in dir zusammen -
und laß dich deines freien Sinnes nicht berauben -

Jonathan

Es fliegt die Möwe Jonathan -
                         in unbekannte Höhn
der Sonne zu - ein Ziel
                         weit über unsern Grenzen -
Sie hat den Himmel und die Erde
                         aus einem Blickwinkel gesehn
der dem verschlossen bleibt -
                         der sitzt und ruht -
Gebrochner Flügel - ist ein kleiner Schmerz
                         wenn man die Weite
und den Flug betrachtet -
                         die unberührten Höhn
die sie ganz ungeachtet
                         des Spottes und des Hohns erflogen -
die innere Zufriedenheit als Lohn
                         für ihren Mut -
der Glaube an sich selbst -
                         wenn man dem eignen Willen folgt -
Denn ein gebrochner Flügel heilt -
                         und man fliegt weiter -
in eine Zukunft ohne Angst -
                         gelöst und heiter -

Sekunden

Es öffnet sich das Lebensauge für Sekunden -
stellt uns in Raum und Zeit -
nach Tausenden von Leben sind es Stunden
im Kreis der Ewigkeit -

Geboren wird von einem Wellental
hin auf den nächsten Hügel -
man führt den Schritt von Pfahl zu Pfahl -
jedoch ein andrer führt den Zügel
der unsern Schritt von hier nach da bewegt -
und stehen Türen offen -
war irgendwo ein Schlüssel hinterlegt -
.
....

Man geht den Weg zu neuen Abenteuern -
hört altbekanntes Wind- und Wellenrauschen -
macht eine Pause - sitzt an Lagerfeuern -
kann alten Liedern lauschen -

Der letzte Atem deiner tausend Stunden ist vorbei -
erfüll den Lebenswechsel der Sekunden -
behüte deine Seele - sie allein ist frei -
und nur durch sie hast du Unsterblichkeit gefunden -

Gabelung ...

Vergilbt berühren Blatt und Blatt
sich in den Wintertagen -
träumen vom Grün das satt
sie in der Sommerzeit getragen -

Im Feuerstab der Adern fließt Blut -
der Atem dringt durch Haut und Poren
vergessen wird wer Gutes tut -
die Phantasie bleibt uns verloren -

Die Zeilen längst vergangener Balladen
holen uns ein - betören Trommelfell
und Netzhaut - um uns dann zu sagen
was angetan - gewünscht - und schnell -

Man hat die Wahl -
dem kurzen Glück sich zu ergeben -
oder die Qual -
nach Höherem zu streben -

Seele

So wie der Rauch den Weg des Windes zieht -
die Glocken ihre Botschaft schwingen -
die Sonne wärmend über unsern Häuptern glüht -
läuft unser Leben in den Jahresringen -

Die Ruhe auf der Bank vor unsrer Tür -
der Farbenwandel in der Jahreszeit -
erhöht feinfühlig unser inneres Gespür
spiegelt den Blick - gibt uns Geleit -

Wir können den Pflug oder die Hacke wählen -
den Baum des Lebens mit der Axt bezwingen -
uns mit dem Boot gegen die Strömung quälen -
oder das hohe Lied der Einsicht singen -

Der Rauch des Feuers der im Winde zieht -
der Baum der stets sich nach dem Winde neigt -
die Asche die im Wind verglüht
fügen sich ein in das Gesetz der Zeit -

Der Mensch dagegen herrscht - und zwingt die Seelen
sich berauschend gegen Wind und Rauch zu stellen -
um nach dem Schiffbruch heimlich sich davon zu stehlen -
ein Ammenspiel - es wiederholt sich auf den Meereswellen -

Der Sage Anfang

Des Lebens Unmut läßt uns viel ertragen -
wir brauchen nur die Leute fragen
was ihnen heute nicht gefällt -
und schon sind wir ganz still auf uns gestellt -
Sie greifen in die leeren Taschen -
durchsuchen sie und naschen
aus der hohlen Hand
die sich im Nachtgewirr so zugewandt -
- doch niemand findet diese Posse gut -
Verschlossen steht der Mensch vor seinem Mut -
Die Tat vor dem Gedanken
schon ausgeführt und all die Träume ranken
sich um das gleiche Phänomen -
man hat sich selbst gesehn -
Wo bleibt der Herr der Dinge der uns lenkt -
die Hand uns nimmt - gleichwohl so denkt
daß wir nur handeln müssen -
den eigenen Gedanken missen -
die Wünsche mit dem Traum begraben
egal was wir gewonnen haben
oder verlorn -
zum Sterben werden wir geborn
wie auch zum Leben -
egal was wir erhalten oder geben -
genommen wird es uns bei Nacht
was wir geliebt uns ausgedacht -
Wir streunen blind durch Edens Garten
finden die Lösung nicht im Warten -
erfassen nichts - nicht einen Sonnenstrahl
ein jeder Schritt wird uns zur Qual -

Freiheit (der Sage 2.Teil)

Und doch - die Liebe hat uns längst erfasst
uns einen Mantel angepasst -
der - wenn wir ihn nicht schnüren
zu offen steht - wir frieren -
- stolpern über jeden Stein
hinaus - in keine bessre Welt hinein -
der Tag bliebe verborgen -
es blieben Sorgen -
die - wenn wir sie genau betrachten
den Glauben unsrer Seele achten -
es bleibt die Liebe unberührt -
wenngleich die Hoffnung sich verliert -
- und somit streifen wir den Zweifel ab
schwimmen den Fluß hinab
ins Meer - befreien unser Alltagsleben
von dem Ballast und geben
uns den Weg frei in die letzten Jahre unsrer Zeit
umarmen uns - und sind befreit -

Neubegegnung

Tief in den Seelenschlund hinabgestiegen
erfühle ich den Wirbelwind - das Rauschen
tausender von Leben die im Universum liegen -
empfinde Schmerz - und meine Ohren lauschen
dem ewigen Gesang der Wellen -

Auf und nieder drücken fliehende Gedanken -
schwemmen mich den Weg der Stromschnellen
hinaus in endlos wallende Gezeiten - wanken -
fallen - steigen auf und gehen nieder -
stürzen mich in Zweifel - stärken meinen Glauben -
gehen zeitlos unter und beginnen immer wieder
mich der eignen Seele zu berauben -

Aufstieg aus dem Nichts oder verfallen
in den Tiefen einer jeden Ungeduld -
da wir uns an Regungen der eignen Seele krallen
fühlen wir in den bedrängten Zeiten unsre Schuld -

Es fliehen Zwergenängste aus den Seelen
in den Zwischenraum der Finsternis -
schreien laut die Ängste aus den müden Kehlen -
stolpern über jedes - noch so kleine Hindernis -

- und dort im Seelenschlund vergangner Tage
empfinde ich den Strom mitreißender Bewegung -
erfühle mich - seh wie ich mich alleine plage -
und sehne mich nach einer wachsenden Begegnung -

Ohne Reue

Benutze ich den Geist nur - nicht das Auge
bin ich blind in einer Welt der Farben -
wo ich mich der Sinne so beraube -
ergießt sich Blut aus allen Narben -

Die Ohren bleiben taub - der Mund geschlossen -
das Mondlicht kalt - der Sonnenstrahl verborgen -
der Seele ungetrübte Reinheit wird vergossen
in einer Zeit da schon die Kinder morden -

Gelegentlich - wenn ich erwache -
aus tiefster Inbrunst meine Augen reibe -
erkenne ich den Kern der Sache -
mit der ich mir die Zeit vertreibe -

Gelogen hat mein Nachbar und mein Freund -
gestohlen wurden meine Kinderträume -
man hat die Herzen ausgeräumt -
und hängt sie an die Weihnachtsbäume -

Die ungetrübte Schar der kleinen Augen
die sehen - und den Schrei nicht scheuen -
erhalten sich den großen Glauben -
die Folgen dieses Schreis nie zu bereuen -

Visionen
Teil eins
(Urmasse)

Es fliehen Sonnenmassen durch den Raum -
verfangen sich im Spiegel der Unendlichkeit -
duchstreifen glühend einen Traum -
verlieren sich in ungebundner Zeit
auf einem Weg sich ständig wechselnder Gedanken -
erfüllen Bilderträume aus Geschwindigkeit
um die sich Tausende von Sternen ranken -

Gebunden in die Bahn der kosmischen Gesetze -
erstarrt der Kern nicht - nicht die Hülle -
verbleibt ein Teil des ungewohnten Strebens -
nicht zu ersticken in der aufgelösten Fülle -
- in einem Kern - dem Ursprung unsres Lebens -

Verweigern wir den Blick uns zu den Sternen -
in einen Raum der sichtbar ohne Grenzen -
in dem wir uns aus nirgendwo entfernen -
wir nicht im Licht noch auf der Schattenseite glänzen -
der Geist uns nicht im Untergang den Ursprung lehrt -
und niemand weiß in welcher Zeit die Wiege liegt -
bleibt unser Glaube für die Lügen heiß begehrt -
und in der unbekannten Weite unser Augenlicht getrübt -

Noch ehe wir auf glutgefaßter Hülle unsre Häupter neigen -
den Fuß auf feuerbleichen Welten fortbewegen -
wird sich im Lichtbild aller Sonnemassen zeigen -
in welchen Feuern wir uns ewiglich begegnen -

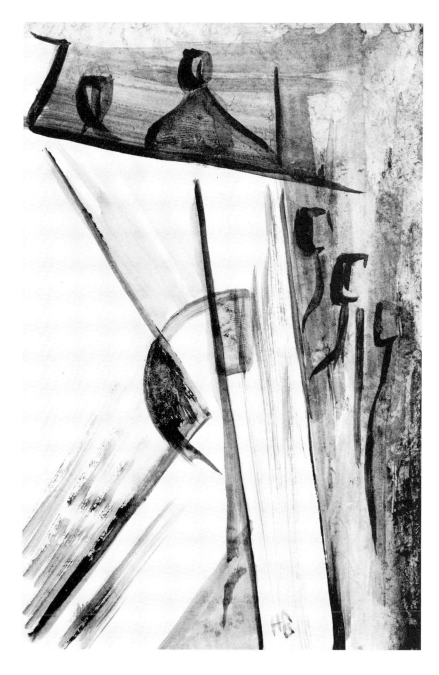

Teil zwei
(Schöpfung)

Wo nun die Hülle gleichen Maßes still erstarrt -
der Wind beginnt Bewegung einzuhauchen -
die Wolke - ungewohnt am Himmel scharrt -
beginnt das Leben in die Hülle einzutauchen -
Es krümmen Hügel sich auf Lavasteinen -
der Tropfen fällt - ein Rinnsal bildet sich -
die ersten Zellen fangen an zu keimen -
der erste Tag gestaltet sich ganz widerlich -
Im Zellensturm der Urgezeiten dieser Welt -
beginnen Fluß und Meer sich auszubreiten -
dazu sich bald das erste Gras gesellt -
die ersten Fische fangen an zu streiten -
wem dieses Wasser nun gehört -
man teilt sich ein - man teilt es auf -
bei Übertretung ist man schnell empört -
...der erste Tag im Erdenlauf -

Der Baum - die Hügel - Wind und Regen -
beginnen über Stein und Sand
die Farben ihres Lebens auszulegen -
gestalten wohldurchdacht das Land -
Die Gräte formt den Knochen aus -
der Fisch den Vogel der uns überfliegt -
der erste Mensch baut dann sein Haus -
er wird es sein dem alle Pflege nun obliegt -

Des Windes Sausen - dann das Wolkenspiel -
der Wasser mächtige Gewalten -
beschränken bald des Menschen Spiel -
und zwingen ihn die Regeln einzuhalten -

Teil drei
(Bewegung)

Gewellt im Wasser fliehender Gezeiten
schwebt tief im Meer der Löwenfisch dahin -
verliert sein Sinnen in der Tiefe Weiten -
Ungewohntes zieht durch seinen Sinn -
Dem Grund des Meeres zu entfliehn
den Fuß auf trockner Erde zu bewegen -
als Löwenhund durch weite Steppen ziehn
der Bäume Schatten zu erleben
ist ein Grund dem Meer untreu zu werden -
die Arme auszubreiten -
auf trockner Erde jeden Tag genießen -
man überlegt - beginnt zur Tat zu schreiten -
die Wurzeln seiner Überlegung zu gießen -
den Keim der Quellgedanken sanft zu pflegen -
und sich vom Meeresgrund nach oben zu bewegen -

Aus einem Arm wuchern in Tagen schon Millionen -
man sieht die Felder und die Hügel aufgewühlt -
es scheint als würde sich hier niemand schonen -
doch bleibt bei aller Euphorie die Stimmung unterkühlt -

Gehackt - gestochen - langgestreckt und frei
zeigt sich der Recke als ein Meister seiner Kunst -
steigt hoch - fällt tief - verstrickt im Einerlei
der Selbstsucht - fällt ins Verließ der Übertreibung -
es löst der Geist um ihn den grauen Dunst
der ausgespuckten Wolken seiner Völlerei -

... es bricht der > Meister < und das Werk entzwei -

Teil vier
(...der Geist)

Ein kleiner Geist hat sich auf diesem Rund bewegt -
den Tag geregelt - die Nacht mit eingeschlossen -
kein andrer Geist hat sich hier aufgeregt -
das Reglement ward formlos schnell beschlossen -

Es wurde für die nächsten Tage beibehalten -
man hat den Tag gewechselt ohne selber viel zu tun -
sich brav an seine eignen Regeln dann gehalten -
dies gab genügend Zeit sich jetzt schon auszuruhn -

Ein jeder freute sich - im Glauben er sei wichtig -
auch für den kleinen Geist das Schwert zu tragen -
doch war der Weg beschwerlich und der Anlass nichtig -
um sich bei solchen Kleinigkeiten nach dem Sinn zu fragen -

Der gute Glaube an den kleine Geist war groß -
der Anlaß selbst zu denken nicht gegeben -
man lag bequem in neugewachsner Erde Schoß
und konnte gut auf andrer Kosten Leben -

War man noch nicht geneigt - dem eignen Haupt zu trauen -
und auch dem Geist der diesem Haupte innewohnt -
es war bequem - auf andere zu bauen
 - es hatte sich bis jetzt gelohnt -

Der Knabe selbst - im Laufen unerfahrn -
erkannte schnell den ungefärbten Witz der Dinge -
> laß dich in wohlgepriesner Sonne garn <
und schon besitzt du all die goldnen Ringe
die deinen Hals dir schnürn - den Magen füllen-
deine Augen blenden - ganz weich dir deinen Geist umhüllen -

Teil fünf
(...sehen lernen)

Das Auge - immerhin an diesem Tag schon sehend -
fand der Geistesblitze Einfalt - dumm posierlich -
stand das Haupt - die Fahne hoch noch wehend
stramm in Reih und Glied - geistlos manierlich -

Die Felder in der Augen unbegrenzten Weiten
keimten - blühten - strahlten Lebensglück -
waren Zeugen wechselnder Gezeiten -
warfen alle Anfeindung zurück -

Man sah im Zwischenstrom der Berge
den Felsen stürzen - das Rinnsal sich zum Flusse graben -
am Machtgehabe der im Berg wohnenden Zwerge
begann sich dann der Riesen Hohn zu laben -

Gebeugt - vom Schlag der Eisenstangen -
der Macht - die Hammer und der Ambos schufen -
hat dann der eine oder andre angefangen -
nach einer Welt der Sehenden zu rufen -

Gewitter zogen über Hügel - See und Land -
im kühlen Feucht der Winde lag Erleichterung -
nach jedem Sturmwind wischte man den Sand -
aus seinen Augen -

Man glaubte nicht den Bildern die erschienen -
dem wild geworfnen Haufen vor der Tür _
man wollte sich des eignen Blicks bedienen -
doch irgenwo blieb immer ein Geschwür -
man war gewarnt - auch ungehalten -
hatte gelernt - die eignen Augen aufzuhalten -

Teil sechs
(der Mensch)

Im Glauben seine Welt sei nun erschaffen
schlägt er um sich - hüllt den Geist in Schweigen -
setzt sich nieder um sein Unwerk zu begaffen -
tanzt vor allen Feuern Freudenreigen -
hat in diesem Augenblick noch nicht begriffen
daß - was vor ihm liegt - er zu erhalten hat -

Die Welt in der er lebt ist eine Gabe aus dem All -
die Sonne - Mond und Sterne - selbst das kleinste Blatt
sind ein Geschenk - gewachsen aus dem Widerhall -
den weder Körper - Geist noch Seele je erfahren -
der weit vor unsrer Zeit das Leben in die Wiege legte -
das Auge und die Träne - die Vergebung schuf -

Da außer Feuer sich in unsrem Herzen nichts bewegte
tönte ein unbekannter - langgezogner Ruf -
sich hinzugeben - zu Glauben - und zu Lieben -
sein eignes Werk im Angesicht des Schweißes zu vollbringen -
sich nicht im Bruderzorn von Angesicht zu Angesicht bekriegen -
sondern gemeinsam Liebeslieder singen -

So zieht bei Tag und Nacht der Wind durchs Land -
begleitet unsre Jahreszeiten - schenkt uns Sekunden -
findet gute Worte in den Regentränen - hält unsre Hand -
und tröstet uns in wehgeplagten Stunden -

Wir dürfen glauben - hoffen - lieben - unsre Zeit genießen -
erleben wie die Wunden heilen - die Tage gehen in Millionen -
es werden Früchte reifen - tausend neue Triebe sprießen -
und unsre bösen Träume waren nur ..... unselige Visionen -

Inhalt

Anfang oder Ende	2
Sag Ja	4
Sei unbequem	6
Agonie	7
Spiegelhatz	8
Pein	10
Politiker	11
Zeitgleiche	12
Zeitkreis	14
Vorbei	15
Selbst belogen	17
Alltag	18
Schritte	19
Da - neben dir	20
Schicksal	21
Abstand 1	22
Abstand 2	24
Abstand 3	25
Abstand 4	26
Herde 1	28
Herde 2	29
Kreise	30
Heimweg	32
Verwirrte Geister	34
Leere	35
Echo	36
Vierte Dimension	38
Wolkenflug	40
Jonathan	41
Sekunden	42

Gabelung	43
Seele	44
Der Sage Anfang 1	46
Teil 2 - Freiheit	47
Neubegegnung	49
Ohne Reue	50
Visionen	
1 - Urmasse	52
2 - Schöpfung	54
3 - Bewegung	56
4 - Geist	57
5 - Sehen lernen	58
6 - Der Mensch	60

Biographien

Hermann Brandl, geboren 1946 in Grünlas bei Karlsbad,
jetzt wohnhaft in Pfronten - Steinach, Einsteinweg 2a,
Ausbildung :
Malerei bei Prof. M. Schürg,
Bildhauerei und Bronzeguß M. Wank,
Metallbildhauerei und Kunstschmied M. Bertle.
Sechs Jahre arbeitete Brandl als Metallbildhauer
und Kunstschmied.
Mitglied des Berufsverbandes
Bildender Künstler (BBK) Bayern.
Ausstellungen:
München-Augsburg-Bonn-Stuttgart-Ludwigsburg
Irsee-Memmingen-Kempten-Singapur

Günter Scheibel, geboren 1944 in Füssen
wohnhaft in Füssen, Geometerweg 43,
1964 Abitur - 1965 - 68 Verlagslehre in Stuttgart.
1969 Studium an der Hochschule in Darmstadt,
Seit mehreren Jahren selbständiger Verleger in Füssen.

Desweiteren erschienen im gleichen Verlag aus der Reihe
\> Gezeiten des Lebens <
mit Bildern von Hermann Brandl und Gedichten von Günter Scheibel:

Glaube - Hoffnung - Liebe   Vulkan Mensch
ISBN 3 - 7717 - 0278 - X   ISBN 3 - 7717 - 0279 - 8

© 1994 Emil Fink Verlag
Stuttgart

ISBN 3 - 7717 - 0340 - 9